ENQUÊTE N°1

ANGELICA VARINEN

Le voleur de bijoux

N. M. Zimmermann

ENQUÊTE N°1

ANGELICA VARINEN

Le voleur de bijoux

Flammarion jeunesse

87, quai Panhard-et-Levassor – 75647 Paris Cedex 13
ISBN : 978-2-0814-1475-4

CHAPITRE 1

Le début d'un mystère

Au premier coup d'œil, Angelica Varinen était une princesse parfaite. Chaque jour, elle portait de magnifiques robes, des jupons de dentelle et des souliers brodés. Toutes sortes de vêtements qui n'étaient faits ni pour grimper aux arbres ni pour prendre un renard blanc dans ses bras ni pour courir. Ni même pour s'asseoir, se plaignait Angelica quand Charlotte, sa gouvernante, avait trop serré son corset.

Ses longues boucles brunes lui arrivaient presque à la taille une fois domptées par Charlotte à l'aide de cent coups de brosse énergiques. Ses yeux étaient verts et allongés comme ceux d'un chat. Elle n'était pas très grande pour ses douze ans et, bien que cela ne soit pas toujours commode, elle devait admettre qu'avoir l'air d'une petite fille était parfois un avantage. Car on ne s'en méfie pas et on leur raconte facilement beaucoup de choses.

Angelica vivait dans un vaste manoir de pierres blanches, entouré d'un parc immense avec des forêts, des lacs et quantité de fleurs. Son grand-père régnait, avec sagesse disait-on, sur le royaume de Lyra tandis que ses parents parcouraient sans cesse le monde en « mission diplomatique ». Il s'agissait, d'après ce qu'Angelica en savait, d'aller dans d'autres pays rencontrer des gouvernements pour être bien sûrs qu'ils ne viendraient pour leur part jamais les ennuyer jusque chez eux. Angelica les attendait au calme à Clairval, le domaine de sa mère. Elle avait des serviteurs, une gouvernante stricte, un précepteur ennuyeux, un professeur de musique plus très jeune et un majordome doté d'une jambe mécanique et de gants blancs.

Mais Angelica Varinen n'était pas une princesse comme les autres et elle n'aimait rien tant que l'aventure. Robes encombrantes et peignes d'argent dans ses boucles brunes ou pas, elle était toujours prête à résoudre chaque mystère qui se présentait.

Aussi, lorsqu'elle fut réveillée par un bruit suspect en pleine nuit, elle n'hésita pas une seconde à se lever. Elle écarta ses draps et enfila une robe de chambre de soie bleue par-dessus sa chemise de nuit avant de mettre des chaussons. Le printemps commençait seulement et il faisait froid dans les couloirs du manoir.

Angelica saisit une lampe pour éclairer son chemin. Elle actionna une petite manivelle pour l'allumer et sortit de sa chambre. Silencieusement, elle avança jusqu'à l'escalier principal.

Il y avait quelqu'un en bas. Quelqu'un de très bruyant.

C'était peut-être Atticus ? Mais non, le majordome n'aurait pas pris le risque de réveiller tout le monde à une heure pareille.

Curieuse, Angelica leva la lampe pour éclairer l'escalier sans rien voir d'anormal. Prenant son courage à deux mains, elle descendit plusieurs marches.

C'est alors qu'il y eut un vacarme effrayant, comme si quelqu'un avait renversé un meuble gigantesque. Angelica sentit le sol trembler sous ses pieds.

Puis, alors qu'elle s'apprêtait à reprendre sa descente, un éclair blanc traversa la nuit, montant à l'étage à toute vitesse.

Angelica cligna des paupières.

— Naali ? appela-t-elle. C'est toi qui fais autant de bruit ?

La renarde avait déjà disparu. Mais c'était elle, Angelica en était certaine. Naali était une renarde arctique et elle aurait reconnu son épaisse fourrure blanche n'importe où. Elle s'était sans doute téléportée à l'autre bout du manoir, ainsi qu'elle avait coutume de le faire lorsque quelque chose l'effrayait.

Était-ce vraiment Naali qu'elle avait entendue ? S'il lui arrivait de chasser les souris, c'était la première fois qu'Angelica la voyait se sauver de cette façon. Elle se remit en marche à pas décidés pour en avoir le cœur net. Le bruit avait semblé venir du salon. Elle s'approcha de la porte entrouverte et la poussa d'un coup.

— Qui est là ? demanda-t-elle.

La table basse était renversée et deux des fauteuils étaient à plusieurs mètres de leur position habituelle, comme s'ils avaient été balayés par un violent coup de vent. Angelica fronça les sourcils.

— Mademoiselle ?

La porte du salon s'ouvrit plus largement et Atticus, le majordome, entra en tenant lui aussi une lampe. Il appuya sur un interrupteur pour allumer le lustre.

— Que s'est-il donc passé ici ?

— Naali vient de filer comme si elle avait vu un fantôme. Je crois que quelque chose lui a fait peur, expliqua Angelica.

— C'est ce renard qui a mis cette pagaille ?

— J'imagine, dit Angelica.

Atticus avait l'air fâché. Il n'appréciait pas beaucoup les animaux qui entraient dans la maison. Il aimait que chaque pièce soit propre et bien rangée et considérait tel un ennemi tout ce qui laissait des poils et des traces de pattes boueuses.

— Vous devriez retourner vous coucher, mademoiselle. Il se fait tard. Avez-vous besoin d'un chocolat pour vous endormir ?

— Non merci, Atticus. Bonne nuit.

Angelica passa devant Atticus et sortit de la pièce.

— Bonne nuit, mademoiselle, répondit-il alors qu'elle rejoignait l'escalier.

Angelica pressa une main contre sa bouche pour étouffer un bâillement et regagna sa chambre. Il était très tard.

Une fois assise sur son lit, elle remarqua que le dessous de ses pieds était aussi noir que si elle avait marché dans du charbon. Elle mouilla un gant de toilette dans la cuvette d'eau que Charlotte laissait chaque soir dans sa chambre et se nettoya avant de se coucher.

Même si elle ne savait pas encore de quoi il s'agissait, elle avait le sentiment qu'une chose excitante venait de se produire. Et rien ne l'empêcherait de mener une petite enquête après une bonne nuit de sommeil.

CHAPITRE 2

Une princesse curieuse

Le lendemain, Angelica fut tirée du sommeil par Charlotte qui ouvrait les rideaux de sa chambre. Elle était réveillée de cette façon tous les matins.

Angelica n'était pas ce qu'on pourrait appeler une lève-tôt. Une fois hors du lit, ses esprits lui revenaient peu à peu, mais son cerveau ne fonctionnait complètement qu'après le petit déjeuner.

Elle se leva et Charlotte l'aida à s'habiller avant de la coiffer. Alors que la gouvernante disciplinait ses cheveux, Angelica se sentit enfin assez réveillée pour parler.

— Charlotte ? Tu as entendu quelque chose cette nuit ?

Charlotte arrêta un instant le mouvement de la brosse.

— Cette nuit ? Non, mademoiselle.

Elle réfléchit, fronçant ses sourcils qui étaient si blonds qu'ils paraissaient transparents à la lumière du soleil.

— Maintenant que j'y pense, je me suis réveillée alors qu'il faisait noir. Peut-être que j'ai entendu un bruit dans mon sommeil ? Pourquoi ?

— Oh, rien d'important.

La chambre de Charlotte était située loin du salon. Angelica se demandait si le vacarme de Naali avait vraiment pu porter jusque-là.

Angelica ne savait pas pourquoi, mais ce qui s'était passé la veille mettait son instinct de chasseuse d'aventures en alerte. Et son instinct ne la trompait presque jamais : si l'affaire lui semblait bizarre, c'est qu'il y avait un mystère là-dessous.

D'abord, Naali était une renarde bien élevée. Il n'était pas dans ses habitudes de faire du bruit en pleine nuit ou de renverser des meubles sans raison. Même si ça avait été le cas, cela n'expliquait pas l'épaisse poussière noire qu'Angelica avait trouvée sous ses pieds en retournant se coucher.

— Qu'est-ce que vous mijotez, mademoiselle ? s'inquiéta Charlotte.

— Mijoter quelque chose ? Moi ?

Charlotte secoua la brosse d'un air menaçant.

— Allons bon, quand j'ai commencé à m'occuper de vous, vous étiez grande comme une oie de ferme et pas tellement plus lourde. Je reconnais votre expression, va. Vous réfléchissez encore et ça ne va rien donner de bon. Vous allez finir par vous mettre dans un beau pétrin à force de n'en faire qu'à votre tête au lieu de vous comporter comme une vraie princesse.

Elle planta les dernières épingles dans les cheveux d'Angelica et l'examina d'un œil brun scrutateur. Elle réajusta une dernière fois sa tenue avant de la juger prête à affronter la journée.

— Si vos parents étaient là, les choses ne se passeraient pas de cette façon.

— Oui, mais ils sont... à Tombouctou ou je ne sais où. Je descends, annonça finalement Angelica. Si je laisse le petit déjeuner refroidir, Atticus va en faire une maladie.

En route, elle s'arrêta pour caresser Buffon qui observait les allées et venues des domestiques, couché en haut de l'escalier. Buffon était un gros chat roux aux yeux jaunes.

— Et toi, tu as vu quelque chose hier soir ? demanda Angelica.

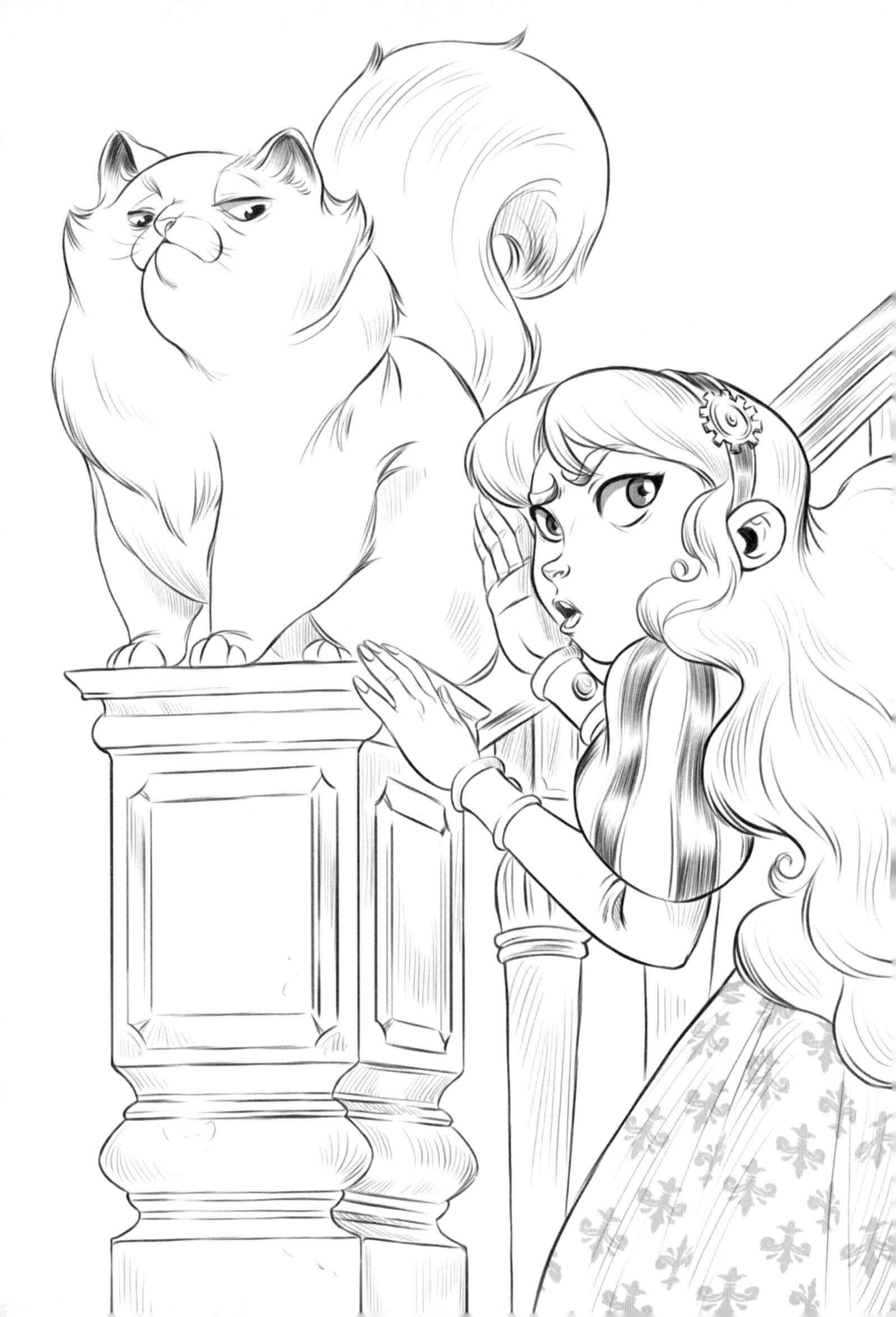

LISOBEL

ÉLOÏSE

Buffon se contenta de s'étirer d'un air dédaigneux. Il faut dire qu'il ne parlait qu'en cas d'absolue nécessité.

Angelica haussa les épaules et releva sa robe à deux mains pour ne pas risquer de se prendre les pieds dedans. En descendant l'escalier, elle examina le sol avec attention, mais tout était propre. Quand elle s'arrêta devant le salon, Atticus était en train de scruter chaque coin de la pièce. Elle avait été remise en ordre et on n'aurait jamais deviné l'état dans lequel elle se trouvait la nuit précédente.

— Bonjour, Atticus.

Il se redressa immédiatement, regardant l'index qu'il venait de passer sur un vase pour vérifier qu'il ne restait pas de poussière.

— Bonjour, mademoiselle. Le salon est de nouveau présentable. Par chance, rien n'a été cassé, mais ce maudit renard a dû entrer dans la cheminée avant de courir partout : il y avait de la cendre jusqu'à l'étage !

Il plissa ses yeux noirs comme s'il pouvait faire apparaître Naali et la foudroyer d'un même regard.

Il soupira.

— Des animaux sauvages dans le manoir..., marmonna-t-il. De la saleté partout... Il est déjà tellement difficile de trouver du personnel compétent de nos jours.

Secouant la tête, il passa ses mains sur son uniforme noir puis examina encore ses gants blancs pour s'assurer que sa tenue était impeccable.

Pour Atticus, ne pas être impeccable était une sorte de crime.

— Le petit déjeuner est servi dans la salle à manger, annonça-t-il quand son inspection fut terminée.

Angelica balaya plusieurs fois la pièce du regard, sans parvenir à déterminer ce qui la gênait. Agacée, elle fit claquer sa langue. De toute façon, la pièce avait été nettoyée, à présent. Il ne restait plus une trace de ce qui s'était passé la veille.

— Oui, merci Atticus, dit-elle.

Il la précéda hors de la pièce d'un pas souple. Sa jambe mécanique faisait juste un peu plus de bruit que l'autre. Angelica avait entendu dire qu'il avait perdu sa jambe gauche quand il était jeune dans un accident d'ornithoptère. On racontait qu'une des ailes s'était bloquée en plein vol et qu'Atticus s'était écrasé de si haut qu'il avait eu de la chance de survivre à sa chute.

Même si c'était arrivé très longtemps avant sa naissance, Angelica préférait ne pas y penser. Atticus était la personne qu'elle aimait le plus avec ses parents et Charlotte. Il était affreux d'imaginer que le monde était passé si près de le perdre.

CHAPITRE 3

Une invitation

Angelica tourna une page du journal qu'elle lisait en trempant sa tartine de fromage saupoudrée de piment dans son chocolat chaud. Ce n'était pas n'importe quel chocolat chaud : il contenait une cuillère à café de cannelle, une et demie de sucre et deux de vanille, ainsi qu'un nuage de crème épaisse.

Angelica était aussi pointilleuse qu'Atticus quand il s'agissait de chocolat.

Ses amies faisaient parfois des remarques sur ses habitudes alimentaires, mais Angelica ne trouvait pas ses goûts si étranges que ça. Après tout, plein de gens avaient cette manie bizarre de manger des tartines avec une couche de beurre sous la confiture. À son avis, ça, c'était vraiment dégoûtant.

Naali et Buffon déboulèrent sans prévenir dans la salle à manger, faisant un bruit de tous les diables. Ils jouèrent un moment pendant qu'Atticus fusillait la renarde du regard. Le chat roux sauta sur la table et vola un toast avant de bondir en haut d'un buffet pour manger son butin en paix. Naali s'assit et commença à nettoyer sa belle fourrure blanche.

Angelica lui lança une sardine qu'elle attrapa au vol, ignorant le raclement de gorge désapprobateur d'Atticus.

— Quelles nouvelles, mademoiselle ? demanda le majordome en indiquant le journal d'un signe de tête.

— Hum, voyons voir... La princesse Éloïse s'est rendue au bal de Mme de Gers.

Elle scruta un moment la photographie de la princesse, entourée par un groupe de jeunes filles en tenues de gala.

— Elle y a apparemment croisé Lisobel.

— Oh ? C'est la princesse d'un de ces royaumes de l'est, n'est-ce pas ? demanda Atticus en plissant le nez comme à chaque fois qu'il parlait d'un autre royaume que le leur. Encore un peu de chocolat, mademoiselle ?

— Oui. Merci, Atticus.

Angelica feuilleta le journal.

— La migration des dragons a du retard. Le réchauffement climatique...

— Un véritable problème, mademoiselle. Toutes ces voitures à vapeur, ces montgolfières et ces dirigeables finiront par empoisonner l'air qu'on respire.

Angelica hocha distraitement la tête, continuant de parcourir le journal.

— Ah, ah ! s'exclama-t-elle soudain. Voilà qui est intéressant ! Nous avons un voleur de bijoux dans la région. Il a rendu visite à plusieurs de nos voisins ces trois dernières semaines.

Atticus parut soudain inquiet.

— Mademoiselle ne compte pas s'intéresser à cette affaire, n'est-ce pas ? Ce n'est pas le genre de choses dont une princesse devrait se préoccuper. Monsieur et madame n'approuveraient pas du tout.

Angelica fit semblant de n'avoir rien entendu. Cette série de vols était la première chose excitante qui arrivait à Clairval depuis des semaines. Personne ne l'empêcherait de s'en mêler si elle avait l'occasion de le faire.

Elle s'essuya les mains sur une serviette et remplit la page de mots croisés du journal. Elle s'apprêtait à se lever de table quand le posteur, posé sur la console en acajou, se mit en route avec un claquement sec. Une lettre sortit de la fente « réception » de l'appareil métallique, déclenchant une sonnette. Atticus la saisit et l'examina.

— Une lettre de vos parents, mademoiselle.

Angelica la prit et brisa le sceau de cire qui la maintenait fermée.

Angelica chérie,

Nous avons quitté Tombouctou à regret hier soir. C'est une ville splendide ! Nous ne sommes pas encore certains de notre prochaine destination. Notre travail est loin d'être terminé, comme tu l'imagines… il y a tant de royaumes que j'ai parfois l'impression que nous n'en verrons jamais la fin.

J'espère que tu étudies sérieusement et que tu vas bien. Je t'en prie, ne fais pas trop tourner le pauvre Atticus en bourrique.

Ta mère qui t'aime

PS : Notre visite à la cour de Tombouctou s'est déroulée sans anicroches comme on disait dans ma jeunesse. Mais ne crois pas que nous passons nos journées à nous amuser ! La politique est une activité assommante la plupart du temps. Notre séjour a néanmoins été intéressant, malgré une chaleur épouvantable. J'aurais aimé t'envoyer un dromadaire, mais je crois qu'il pleut trop par chez nous pour qu'un de ces animaux s'y plaise. C'est tragiquement dommage, ils sont tout à fait ton genre de créature – leur bosse a beaucoup d'allure.

Ton père adoré

Elle la replia pour la glisser dans sa poche. Elle aurait voulu y répondre sans attendre, mais son précepteur ne tarderait plus et il n'acceptait aucun retard.

Angelica tapota la table du bout des doigts et sortit de la salle à manger. Au lieu de monter directement, elle s'arrêta devant le salon. Qu'est-ce que Naali faisait dans cette pièce le soir précédent ?

— Mademoiselle !

Elle se retourna.

Atticus approcha et lui tendit une nouvelle lettre posée sur un plateau d'argent. Angelica l'ouvrit et parcourut les lignes tracées à l'encre violette – une coquetterie de Lisobel depuis quelques mois.

— Lisobel m'invite à prendre le thé. Il semblerait que nous ne soyons pas les seuls à avoir eu une frayeur pendant la nuit.

— Votre leçon de musique a lieu cet après-midi, lui rappela Atticus.

— Lisobel va m'attendre, dit-elle.

Elle savait néanmoins qu'il était inutile de discuter avec Atticus quand il s'agissait d'éducation.

— Je vais envoyer un mot pour la prévenir que vous lui rendrez visite demain, répondit-il d'un ton sans appel.

La sonnette retentit, faisant jaillir un grand oiseau bleu par un trou situé au-dessus de la porte d'entrée.

— Voici votre précepteur. Allez dans votre salle d'études, mademoiselle. Je vous l'envoie.

Angelica s'exécuta docilement.

Mais elle réfléchissait déjà à la façon dont elle fausserait compagnie à la vieille Mlle Smilla l'après-midi : pas question de faire des gammes alors qu'il y avait un mystère à résoudre chez Lisobel !

CHAPITRE 4

Où Buffon donne un coup de patte

Le précepteur était à peine parti qu'Angelica entendit Mlle Smilla arriver. Elle pesta à mi-voix et se glissa jusqu'à l'escalier pour surveiller l'entrée. Atticus ouvrait déjà la porte : impossible de quitter le manoir sans se faire repérer.

Il fallait créer une diversion si elle voulait aller chez Lisobel. Elle n'aurait pas le temps de trouver quelqu'un pour la conduire en voiture et elle ne pourrait sans doute même pas sortir un cheval de l'écurie avant qu'Atticus ne la rattrape. Il la connaissait bien, il comprendrait ce qu'elle était en train de faire dès que Mlle Smilla aurait signalé son absence. Tant pis, elle irait à pied en coupant à travers champs. Atticus et Charlotte seraient scandalisés de la voir rentrer pleine de boue, mais ce n'était pas sa faute si les robes et les chaussures qu'on lui faisait porter n'étaient pas adaptées à la marche.

— Buffon, souffla-t-elle. Buffon !

Le chat apparut à ses côtés et lui jeta un regard d'ennui méprisant. Angelica ne savait pas si Buffon avait vraiment mauvais caractère ou s'il était naturel pour un chat de s'estimer supérieur à tout le monde. Elle n'avait jamais eu d'autre chat et elle devait admettre que Buffon était plutôt particulier.

Il prétendait qu'avant de devenir un félin, il était naturaliste. Papa avait expliqué à Angelica qu'un naturaliste est un scientifique qui s'intéresse à la nature. Elle avait du mal à le croire : Buffon passait bien trop de temps à dormir chaque jour pour conduire la moindre recherche.

— J'ai besoin que tu attires l'attention d'Atticus. Tiens, cours voler du poisson dans la cuisine. J'ai entendu dire qu'on mangeait de la truite ce soir. Fais du bruit pour que le cuisinier t'entende !

Buffon fronça son nez roux.

— Mais non, il ne va rien t'arriver : tu es plus rapide qu'un humain, personne ne pourra t'attraper.

Le chat ne paraissait pas convaincu.

— Je te donnerai du saumon toute la semaine.

Il continua de l'ignorer, nettoyant sa queue à grands coups de langue.

— Tu es dur en affaires, se plaignit Angelica. Bon d'accord, pendant deux semaines ! C'est ma dernière offre.

Buffon nettoya sa fourrure encore un instant, puis il descendit les escaliers sans se presser. Atticus discutait de la pluie et du beau temps avec Mlle Smilla en rangeant son manteau. Il lui proposa une tasse de thé qu'elle refusa, comme toutes les semaines.

— Dépêche-toi ! souffla Angelica à Buffon.

Il sauta les dernières marches puis, après avoir échangé un regard peu amical avec Atticus, il fila en direction des cuisines. Mlle Smilla se dirigea vers la salle de musique, au rez-de-chaussée, tandis qu'Atticus s'apprêtait à aller chercher Angelica.

On entendit alors un vacarme assourdissant, suivi de la voix grave de Thomas, le cuisinier.

— Sale bête ! Lâche ça avant que je te transforme en gigot !

Atticus jeta un coup d'œil autour de lui pour vérifier que personne ne le regardait avant d'abandonner sa posture digne et de courir vers les cuisines.

Angelica descendit l'escalier aussi vite qu'elle le pouvait sans trébucher sur sa robe.

Elle traversa l'entrée et se glissa dehors, veillant à ne pas faire claquer la porte derrière elle. Un miaulement de colère résonna à l'intérieur du manoir. Sans ralentir, Angelica se promit de trouver le meilleur saumon du village pour le pauvre Buffon quand elle serait de retour. Lisobel habitait à environ trois kilomètres en coupant à travers champs. Elle maugréa à mi-voix alors que des herbes et des petites graines venaient se coller sur ses vêtements. Au moins, il faisait beau et la terre était sèche.

Elle ralentit après avoir passé la grille qui entourait le jardin du manoir de Clairval. Atticus ne perdrait pas son temps à la faire chercher hors de la propriété. Il se contenterait d'envoyer un message chez Lisobel pour qu'on lui confirme son arrivée et d'attendre qu'elle rentre pour la gronder.

Atticus se faisait tout le temps du souci. Angelica essayait de ne pas disparaître quand ce n'était pas absolument nécessaire pour ne pas l'inquiéter. Mais là, il ne lui avait pas laissé le choix.

Elle pénétra dans un champ de blé. Le sol était inégal et elle ne voyait pas où elle mettait les pieds. Elle espérait qu'elle n'allait pas se tordre la cheville ou marcher sur quelque chose de dégoûtant. Mais elle continua d'avancer bravement : elle était impatiente d'arriver pour découvrir ce que Lisobel avait à lui dire.

CHAPITRE 5

Vol au château des Rossignols

Lisobel n'eut pas l'air surprise de voir Angelica à sa porte.

— J'avais reçu le message d'Atticus disant que tu étais occupée, mais je me suis doutée que tu trouverais le moyen de venir quand même. Ta robe est dans un état affreux. Je pense qu'elle est irrécupérable.

Angelica haussa les épaules.

— On ne s'est jamais très bien entendu, cette robe et moi, dit-elle. Je serais heureuse qu'elle se reconvertisse dans le rideau ou le set de table.

Elle ignora l'œil horrifié de Mme Rude, la femme de charge, alors qu'elle traversait l'entrée, laissant des traces de pas boueuses sur le sol en marbre blanc. Lisobel attrapa sa main et l'entraîna à sa suite.

— Viens dans le petit salon jaune, il faut que je te présente quelqu'un.

Une jeune fille avec un chignon noir volumineux était assise dans un fauteuil. Elle portait une belle robe à fleurs et de minuscules souliers brodés qui n'auraient certainement pas résisté à une promenade dans les champs. En voyant Lisobel et Angelica, elle posa son verre de jus d'orange pour les saluer.

— Bonjour, je suis heureuse de vous rencontrer, Éloïse de Tiralys, dit Angelica.

— « Éloïse » suffit. Je vais aussi t'appeler seulement « Angelica », si tu veux bien, dit la jeune fille timidement. Lisobel m'a souvent parlé de toi, j'aimerais qu'on devienne bonnes amies.

Angelica accepta immédiatement. Elle n'avait jamais été très intéressée par les titres, il était bien plus simple d'appeler les gens par leur prénom.

— Ah ! Comment tu as deviné son nom ? demanda Lisobel, ébahie.

— J'ai vu sa photo dans le journal ce matin. D'ailleurs, tu étais dessus aussi : elle a été prise au bal de Mme de Gers.

Lisobel parut un peu déçue.

— Tu sais, je ne suis pas magicienne. Si c'était le cas, je ferais des choses utiles, comme créer un arbre à chocolat ou de belles chaussures qui ne font pas mal aux pieds. Je m'informe et je tire des conclusions à partir de faits, c'est tout, dit Angelica.

Un domestique apporta le goûter. Angelica se servit une tasse de thé au lait avec quatre sucres et mordit dans un gâteau en attendant que Lisobel explique pourquoi elle l'avait fait venir.

— Lisobel m'a dit que tu étais une vraie détective ! s'enthousiasma tout d'un coup Éloïse.

— J'ai résolu deux ou trois affaires, répondit Angelica. J'ai beaucoup de temps libre.

— Elle est trop modeste ! s'écria Lisobel. C'est un génie de l'enquête. Elle est comme ces détectives privés qu'on voit dans les romans policiers !

— À force d'en lire, on peut utiliser les mêmes raisonnements qu'eux dans la vie réelle, expliqua Angelica. Il arrive que ça fonctionne. Alors, que s'est-il passé ?

Lisobel et Éloïse se regardèrent. Ce fut finalement la princesse qui prit la parole.

— Je suis venue dans la région passer quelques semaines chez ma grand-mère. J'habite loin, alors nous n'avons pas souvent l'occasion de nous voir.

Angelica hocha la tête. Elle avait lu un article sur le sujet dans la rubrique « mondaine » du journal.

— Elle tenait à organiser mon anniversaire pour me faire rencontrer ses amis. Elle trouve que je ne sors pas assez du château, ajouta-t-elle avec un sourire. J'étais installée chez elle, mais elle est tombée malade et je n'avais pas envie de rester seule pendant qu'elle était à l'hôpital. Lisobel a gentiment proposé de m'héberger au château des Rossignols en attendant qu'elle aille mieux.

— C'est normal. Tu en aurais fait autant pour moi. Même si j'aurais aimé que ça se passe mieux, ajouta Lisobel avec une grimace.

— Je suis arrivée ici il y a trois jours, continua Éloïse. Et la nuit dernière, quelque chose m'a réveillée. J'ai allumé la lumière. Il n'y avait rien d'anormal et je dors toujours avec la porte fermée à clef, alors je me suis recouchée. Mais ce matin, mon coffret à bijoux avait disparu !

— C'est effrayant, non ? dit Lisobel. Tu te rends compte ! Quelqu'un est entré dans sa chambre et a volé ses bijoux pendant qu'elle dormait juste à côté.

— Je n'ai vu personne et ni la porte ni les fenêtres n'ont été ouvertes, renchérit Éloïse. Je sais que c'est ridicule, mais je ne peux pas m'empêcher de penser que c'est un fantôme, ajouta-t-elle d'une petite voix.

Angelica lui tapota le bras.

— Ne t'inquiète pas, les fantômes n'existent pas. Ce voleur est bien vivant. D'ailleurs, il est probablement passé à Clairval hier soir. Il a fait du bruit et Naali l'a vu.

Elle sourit, heureuse d'avoir enfin une piste concernant le remue-ménage de la veille.

— Naali ? répéta Éloïse.

— Ma renarde arctique. Quelqu'un a fait un vacarme épouvantable et lui a fait peur. Je n'en suis pas encore certaine, mais il est possible que ça ait été un intrus. Si c'est le cas, ça pourrait bien être votre voleur.

— Qu'est-ce qui te fait penser ça ? demanda Lisobel.

— Un individu qui s'introduit chez les autres par effraction ne peut être qu'un voleur. Et il serait étrange que deux voleurs passent à l'action dans des lieux aussi proches que Clairval et les Rossignols la même nuit, à part s'ils sont complices.

— Une bande de voleurs ? demanda Éloïse, semblant de plus en plus effrayée.

— Peut-être. Après tout, il y a eu de nombreux vols ces derniers temps. Par chance, Naali est une excellente renarde de garde et elle a empêché le cambrioleur de prendre quoi que ce soit chez nous, ajouta-t-elle avec fierté. Tous les bijoux du château ont-ils été volés ?

— Seulement les miens, répondit Éloïse. Ceux qu'il y avait dans la boîte à bijoux.

Elle sortit de sous sa robe une chaîne au bout de laquelle se balançait un gros pendentif.

— Heureusement, je garde mon collier préféré sur moi. C'est un cadeau de ma grand-mère.

— Un diamant bleu ? Elle te l'a offert pour ton anniversaire ? clarifia Angelica.

Éloïse hocha la tête et l'apprentie détective se pencha pour examiner le bijou. Elle se souvenait de l'avoir remarqué sur la photo du journal. La pierre était d'un bleu profond. Elle était aussi très grosse et très brillante. En réalité,

Angelica ne se souvenait pas d'en avoir déjà vu une aussi belle en dehors d'un musée.

— Alors, tu peux l'aider ? demanda Lisobel avec impatience. On a contacté la police, bien sûr. Un inspecteur est venu pour mener son enquête. L'inspecteur Tybalt. Mais il n'est resté qu'une heure. Ensuite, il a seulement dit qu'il y avait un voleur de bijoux dans la région et qu'il nous préviendrait s'il y avait du nouveau.

— Je vais essayer, dit Angelica. Mettons-nous au travail tout de suite pendant que la piste est fraîche !

— Atticus ne va pas être fâché si tu ne rentres pas rapidement ? demanda Lisobel.

Angelica agita un biscuit aux noisettes pour balayer les inquiétudes de son amie.

— Atticus sait que je suis là. Je vais me faire gronder de toute façon, alors autant que ce soit le plus tard possible.

Elle examina l'assiette de biscuits. Il n'y avait rien au chocolat, ce qu'elle trouvait plutôt décevant. Finalement, elle se leva et tapota sa robe pour en faire tomber les miettes.

— Bon, allons examiner cette chambre, dit-elle.

— Quoi ? demanda Lisobel.

— La chambre dans laquelle les bijoux ont été volés, je voudrais la voir.

— L'inspecteur Tybalt l'a déjà regardée, l'informa Éloïse. Il n'a découvert aucun indice utile.

— Il y a toujours quelque chose à trouver quand on est attentif, répondit Angelica. En tout cas, ça ne coûte rien de jeter un coup d'œil.

Elle traversa la pièce.

— Bon, vous venez ? Cette enquête ne va pas avancer toute seule !

Ses deux amies échangèrent un regard amusé avant de se dépêcher de la rejoindre : quand Angelica s'était décidée à agir, rien ne pouvait l'arrêter. Il était plus simple de lui obéir sans discuter !

CHAPITRE 6

Angelica mène l'enquête

Angelica observa longuement la chambre d'Éloïse, frottant son menton de son index.

— Hum, je vois, dit-elle.

— Tu vois quoi ? demanda Lisobel. La chambre a été nettoyée ce matin, il ne reste rien du tout.

— L'inspecteur l'a examinée avant qu'elle soit faite ? demanda Angelica.

— Oui, confirma Éloïse. On l'a prévenu dès que je me suis aperçue de la disparition des bijoux. Comme la porte et les fenêtres étaient fermées, j'avais peur que le voleur ne soit encore là !

Angelica hocha la tête.

— Quand tu t'es réveillée, il y avait de la poussière dans ta chambre, dit-elle à Éloïse.

— C'est vrai ! Comment tu l'as deviné ? demanda-t-elle, impressionnée.

Angelica tendit le doigt qu'elle venait de passer sous le coffret posé sur la cheminée. Il était gris.

— L'un de tes domestiques nettoie autour des objets sans les soulever, fit-elle remarquer à Lisobel. Tu devrais le dire à la femme de charge pour qu'elle vérifie que tout le monde fait correctement son travail.

Pour être honnête, Angelica pensait que si elle avait été obligée de faire le ménage, elle aurait procédé de la même façon. Mais personne n'aurait osé agir ainsi au manoir de Clairval : Atticus inspectait tout lui-même et s'il restait un grain de poussière quelque part, il finissait toujours par le trouver.

— Il y en avait partout ? demanda-t-elle.

— De la poussière ? Eh bien, je n'ai pas fait très attention, dit Éloïse. Je crois qu'il y en avait par terre. Par contre, je me souviens qu'il y en avait sur la coiffeuse, là où se trouvait mon coffre à bijoux. C'est important ?

— Peut-être, répondit Angelica. En tout cas, ça confirme que votre voleur est venu à

Clairval : il y avait la même poussière dans notre salon.

Elle préférait attendre d'en être certaine pour se prononcer, mais elle croyait savoir par où le voleur était entré.

S'asseyant brusquement par terre, elle ferma les yeux et se balança d'avant en arrière pour mieux se concentrer.

— Qu'est-ce qu'elle fait ? Elle va bien ? demanda Éloïse.

— Va savoir. Elle est plutôt bizarre, je t'avais prévenue, répondit Lisobel.

Angelica ouvrit un œil vert, l'air hautain.

— Je réfléchis. Et je vous entends.

Elle ouvrit l'autre œil.

— Nous ne pouvons pas savoir d'où le voleur vient, mais nous pouvons chercher où il est allé, dit-elle. Que feriez-vous avec des bijoux volés ?

— Je les cacherais, dit Lisobel sans hésitation.

— Hum, ça ne colle pas avec la situation, répondit Angelica. Il y a eu beaucoup de cambriolages en quelques semaines. D'après l'article que j'ai lu dans le journal, il y en a de plus en plus. Si j'ai raison, hier soir, il aurait même essayé d'en commettre deux à la suite !

— À quoi tu penses ? demanda Éloïse.

— Le mobile est l'argent. C'est toujours l'argent, dit Angelica d'un ton sentencieux.

— Comment tu le sais ? s'étonna Éloïse.

— C'est une experte, dit Lisobel.

Angelica se demanda si elle se moquait d'elle, puis elle décida de ne pas s'en préoccuper. Ça n'aurait plus d'importance quand elle aurait résolu cette affaire.

— Je lis le journal, répondit-elle. Enfin, si le voleur a besoin d'argent, il faut qu'il vende ce qu'il vole.

— Où pourrait-il vendre autant de bijoux d'une telle valeur sans se faire repérer ? demanda Lisobel avec scepticisme.

— Dans une bijouterie ? suggéra timidement Éloïse.

Angelica essaya de ne pas montrer sa surprise. Elle n'y avait pas pensé, mais c'était une bonne idée... Où mieux cacher des bijoux volés qu'au milieu d'autres bijoux ?

— J'ai juste dit ça comme ça, moi je n'y connais rien en voleur, ajouta Éloïse en rougissant.

— Non, tu as raison, dit Angelica en se levant aussi vite que sa robe le lui permettait. Faisons le tour des bijouteries de la ville avant que les bijoux ne soient vendus.

Cela prendrait des heures, Atticus allait être furieux. Angelica lui envoya un petit mot pour le prévenir qu'elle rentrerait à la maison un peu tard.

Comment aurait-elle pu retourner apprendre ses leçons quand il y avait un voleur de bijoux à démasquer ?

CHAPITRE 7

À la recherche des bijoux disparus

— Ah, j'ai tellement mal aux pieds que je voudrais m'allonger par terre pour attendre demain ! se plaignit Lisobel en relevant ses cheveux roux d'une main afin de rafraîchir sa nuque.

Angelica jeta un coup d'œil aux souliers poussiéreux de son amie.

— Tu aurais dû mettre des chaussures plus adaptées à la marche.

— Tout le monde ne passe pas ses journées à galoper dans les champs, répondit Lisobel avec mauvaise humeur.

Angelica rit. Elle n'était pas vexée : elle savait que Lisobel devenait grincheuse quand elle était fatiguée.

— On croirait entendre Atticus, dit-elle.

— Moi, ça ne me fait pas rire, répliqua Lisobel. C'est toi qui as insisté pour qu'on aille au village à pied. En plus, on n'a pas trouvé le moindre indice !

— Nous n'avons plus qu'un endroit à visiter, intervint Éloïse. Et puis, c'est moi qui ai eu l'idée des bijouteries, alors c'est aussi ma faute.

— Mais non, ce n'est pas ta faute, la rassura immédiatement Lisobel. Sans Angelica, on aurait pris la voiture comme des personnes civilisées, on n'aurait pas les pieds en sang et on n'aurait pas l'air de s'être roulées dans un champ.

— Personne ne t'a forcée à me confier la direction de cette enquête, dit Angelica. On aurait été trop repérables dans ta voiture de riche. Le voleur se serait douté de quelque chose tout de suite. Tiens, d'ailleurs, voilà la dernière bijouterie, ajouta-t-elle en indiquant la devanture d'une boutique exiguë.

— Oh, mais c'est là que grand-mère a acheté mon collier, dit Éloïse.

— Celui que tu portes, avec le diamant bleu ? demanda Lisobel.

— Oui. Je reconnais le nom, il était marqué sur la boîte.

— Ici ? s'étonna Angelica. Ça ne ressemble pas au genre de boutiques qui vendent des pierres hors de prix.

Elle examina la vitrine un instant. Il y avait de jolis objets, mais rien de particulièrement précieux.

— C'est très curieux, dit-elle, pensive.

La porte de la boutique s'ouvrit soudain avec un bruit de clochette et un homme avec une grosse moustache blonde et le teint rouge passa la tête dehors.

— Je peux vous aider, mesdemoiselles ?

— Nous jetons juste un coup d'œil, répondit aussitôt Angelica.

— Alors, entrez. Je garde mes meilleures pièces à l'intérieur.

Quand Éloïse passa la porte, il l'observa un moment, les sourcils froncés.

— Ah tiens, vous ne seriez pas la petite princesse…

Éloïse lui sourit et sortit la pierre de sous sa robe.

— C'est bien moi : ma grand-mère a acheté ce collier chez vous. Il est magnifique, je l'aime beaucoup, dit-elle.

L'homme frotta sa joue d'une main calleuse, gêné.

— Très belle pierre, intervint Angelica. Vous en auriez d'autres, du même genre ?

— Ah, ça non, mademoiselle. C'était une commande pour une occasion spéciale.

— Vous ne savez pas où nous pourrions en trouver, par hasard ? insista-t-elle.

— Malheureusement non, mademoiselle. Mais j'ai d'autres jolies choses, si vous voulez vous donner la peine de regarder.

Angelica examina la boutique. Rien ne lui parut suspect sauf qu'en effet, pas un bijou n'approchait de la qualité ou de la valeur de celui d'Éloïse. L'homme paraissait aussi assez mal à l'aise en les voyant. N'aurait-il pas dû être heureux d'avoir de la clientèle ? Une princesse et ses amies, qui plus est ?

Elle consulta Éloïse du regard pour voir si elle reconnaissait l'un de ses bijoux parmi ceux qui étaient exposés dans les vitrines, mais celle-ci secoua négativement la tête.

Finalement, Lisobel acheta un bracelet en argent et elles quittèrent la boutique.

— Tu as fait un achat dans les quatre bijouteries, fit remarquer Angelica. Tu te constitues un stock d'urgence au cas où le voleur repasserait par chez toi ?

Lisobel haussa les épaules.

— Ça me gêne de faire perdre leur temps à ces gens juste pour les espionner. Comme ça, ils auront au moins gagné quelque chose. Et moi aussi, parce que je suis épuisée et qu'on n'est pas plus avancées : il n'y a plus de bijouterie et on n'a pas l'ombre d'une piste.

— Je ne sais pas. J'ai trouvé ce bijoutier plutôt louche, dit Angelica.

— Tu penses que c'est le voleur de bijoux ? demanda Éloïse, surprise.

— Non, dit Angelica. Il est beaucoup trop normal pour être un voleur intéressant : ce n'est pas le genre de personne qui réussit à entrer dans une chambre verrouillée de l'intérieur.

— Alors, grand maître, qu'est-ce qu'on fait, maintenant ? intervint Lisobel, qui aurait bien voulu prendre un taxi pour rentrer au château.

De préférence un taxi avec une bassine pleine de glaçons pour mettre ses pieds en compote dedans.

Angelica regarda autour d'elle.

— On va au marché ! dit-elle en indiquant les premiers stands à quelques rues de là.

Lisobel leva les yeux au ciel.

— Qu'est-ce qui m'a pris de poser la question ? demanda-t-elle sans s'adresser à personne en particulier.

CHAPITRE 8

Le marché

La rue principale de la ville était bordée de stands occupés par des objets de toutes sortes ou même des animaux. La foule se pressait de l'un à l'autre, s'extasiant devant un oiseau doré ou un appareil doté d'une manivelle qui, une fois remonté, découpait sans effort n'importe quel fruit ou légume aussi dur soit-il en crachant un petit nuage de fumée blanche.

Angelica se précipita presque tout de suite vers un stand, où une jeune femme en robe brodée ornée d'une broche en métal vendait des rubans et des foulards. Elle lui acheta trois rubans d'un bleu que la vendeuse appelait « myosotis » et dut emprunter de l'argent à Lisobel, parce qu'elle avait oublié son porte-monnaie.

— Où est-ce qu'on peut acheter des bijoux ? Des beaux, nous cherchons un cadeau pour la mère de mon amie, dit-elle à la vendeuse après avoir empoché les rubans.

La jeune femme examina longuement leurs robes crottées, leurs visages suants et leurs cheveux emmêlés avant de leur indiquer un stand un peu plus loin.

— Jacob, à une centaine de mètres, derrière le stand de vêtements. Ce n'est pas trop cher.

Angelica sortit une pièce d'argent du porte-monnaie de Lisobel qui poussa une exclamation indignée. Elle la posa sur le stand et saisit Éloïse par le bras avant de se pencher vers la jeune femme.

— Mon amie cherche quelque chose de spécial et elle peut mettre le prix, dit-elle.

La pièce d'argent disparut au milieu des bouts de tissus.

— J'ai entendu dire que Tom, du stand d'antiquités à l'angle de Larue et Place, a du très haut de gamme si on demande, répondit la jeune femme en baissant la voix. Mais ne le répétez pas, et si on vous interroge ne dites pas que ça vient de moi. Je ne veux pas d'ennuis.

— Pourquoi quelqu'un aurait-il des ennuis ? demanda Angelica.

La jeune femme eut un reniflement moqueur.

— Tom est gentil, mais ce n'est pas le roi de la brocante. Si ce qu'il a aujourd'hui est aussi bien qu'il le dit, c'est louche.

— Merci, dit Angelica. On ne parlera de vous à personne, c'est promis.

Les trois jeunes filles s'éloignèrent.

— Comment tu as su qu'elle aurait des informations ? demanda Éloïse, éberluée.

— C'est simple, dit Angelica. L'emplacement de son stand est excellent, ce qui signifie que c'est une habituée du marché. Elle doit donc connaître la plupart de ses collègues.

C'est aussi une jeune femme avec une apparence soignée et elle portait plusieurs bijoux de bonne qualité. Si quelqu'un sait où trouver des bijoux de valeur sur le marché, c'est elle.

Elles arrivèrent au bout de la rue. Il y avait en effet un stand d'antiquités à l'endroit où celle-ci débouchait sur la place Stella. Il était tenu par un grand homme massif avec des mains larges comme des raquettes de badminton.

— Restez là, dit Angelica. Si cet homme est notre voleur, il pourrait vous reconnaître. Il vaut mieux que je l'approche toute seule et que vous veniez quand il aura sorti les bijoux.

— Tu as dit que le cambrioleur était venu à Clairval aussi, hier soir, lui opposa Lisobel, inquiète. N'y vas pas seule, ça pourrait être dangereux.

— Ma photo n'était pas dans le journal, contrairement à vous. Personne ne sait qui je suis et le voleur a pris la fuite avant mon arrivée dans le salon, dit Angelica. On ne court aucun danger : on est en pleine rue. Je veux juste éviter d'éveiller ses soupçons et qu'il refuse de nous montrer la marchandise. Attendez mon signal !

D'un air assuré, elle s'approcha du marchand. Celui-ci parut surpris de voir une aussi jeune personne devant son stand.

— On m'a parlé de bijoux. Je cherche une belle pièce, dit-elle en agitant le porte-monnaie qu'elle n'avait pas rendu à Lisobel.

L'homme hésita un peu avant de soulever une nappe en dentelle qui avait vu des jours meilleurs. Il sortit un tiroir qui avait visiblement oublié le reste de son meuble quelque part et le posa sur son stand.

Une petite main pâle passa devant Angelica et attrapa un bracelet doré dans le tiroir.

— C'est à moi ! s'écria Éloïse.

Angelica se retourna. Ses deux amies étaient juste derrière elle. Elle retint un soupir : c'était trop demander qu'on lui obéisse en mission ?

— Qu'est-ce que vous faites ? Lâchez ça, si vous ne pouvez pas payer, ordonna l'homme.

Éloïse recula, pressant le bracelet contre sa poitrine.

— Vous n'êtes qu'un voleur ! dit-elle.

— Quoi ? s'écria l'homme. Rends-moi ça, sale gamine !

Il bondit par-dessus son étal avec une agilité surprenante pour sa corpulence et fit un geste vers Éloïse.

— Courez ! cria Angelica.

Elle fit un croche-pied à l'homme qui tituba et se raccrocha maladroitement à son stand. Sans attendre de voir s'il allait retrouver l'équilibre, elle attrapa Éloïse par le bras et s'enfuit après avoir vérifié que Lisobel les suivait.

Elle n'était pas du genre à s'effrayer facilement, mais un homme qui faisait deux fois sa taille fonçant dans sa direction lui paraissait un motif suffisant de fuite. Elle regrettait de ne pas avoir Naali avec elle pour la tirer de ce mauvais pas : la renarde savait toujours comment se sortir d'une situation délicate.

Les trois filles continuèrent de courir le plus vite possible, zigzaguant entre les passants. Le marchand avait plus de mal à naviguer dans la foule, mais il était bien plus rapide qu'elles : quelques rues plus loin, Angelica sentit une main s'abattre lourdement sur son épaule. Éloïse poussa un cri perçant pendant que Lisobel jetait son sac au visage du bijoutier pour lui faire lâcher prise.

— Qu'est-ce qui se passe ici ? demanda un homme en s'approchant.

Il avait les cheveux gris coupés très court et un grand nez dans un visage maigre.

— Inspecteur Tybalt ! s'écria Lisobel, soulagée. On a trouvé votre voleur de bijoux !

Tout le monde se figea et, du voleur ou de l'inspecteur, Angelica n'aurait su dire qui était le plus surpris.

Sur le moment, elle était de toute façon préoccupée par autre chose : cette poursuite parviendrait aux oreilles d'Atticus, c'était certain.

Quand il était fâché, Atticus avait tendance à « oublier » le chocolat et les gâteaux au moment des repas et à ajouter tous les aliments qu'elle détestait sur la liste des courses « sans le faire exprès ».

Angelica sentait que les repas des semaines à venir seraient difficiles.

CHAPITRE 9

Retour à Clairval

Un agent de police conduisit les trois jeunes filles chez Angelica pendant que l'inspecteur Tybalt emmenait le suspect au commissariat. Il passerait au manoir après le dîner pour les interroger. Angelica lui avait conseillé d'apporter un pyjama et une brosse à dents et il l'avait regardée comme s'il la trouvait vraiment bizarre. Angelica ne chercha pas à s'expliquer : il comprendrait assez tôt.

En route, elle insista pour passer au bureau de poste. Elle avait un message urgent à envoyer. Elle refusa de révéler de quoi il s'agissait à Lisobel et Éloïse. Même si c'était un peu immature, elle aimait bien avoir l'impression d'en savoir plus que tout le monde.

Quand la voiture arriva au manoir de Clairval, Atticus attendait déjà devant l'entrée principale. La voiture s'arrêta, un nuage de vapeur blanche sortant de la cheminée de cuivre située à l'avant du véhicule. C'était une trente chevaux-vapeur, ainsi que le policier en avait informé ses passagères. D'après l'expression de son visage, Angelica en avait déduit que cette information était censée l'impressionner et elle avait hoché la tête en faisant semblant d'admirer la machine.

Elle n'y connaissait rien en voiture. Elle préférait les chevaux qui mangeaient du foin et des carottes aux chevaux-vapeur cachés sous un capot en métal.

Angelica observa Atticus alors qu'elle descendait de voiture. Ses sourcils gris se levèrent quand il vit Lisobel et Éloïse. Au moment où il aperçut le policier, ils avaient quasiment disparu dans la racine de ses cheveux.

— Mademoiselle, mademoiselle Éloïse, mademoiselle Lisobel… monsieur l'agent, salua Atticus.

Mais il continuait de regarder Angelica, attendant une explication. Ainsi qu'il aimait à le rappeler, il la connaissait depuis sa naissance et il devinait immédiatement quand elle avait fait quelque chose qu'il n'approuverait pas.

— Que se passe-t-il ? demanda-t-il.

L'agent lui exposa la situation ; Atticus pâlissait au fur et à mesure de ses explications. Finalement, il pinça la base de son nez entre son pouce et son index.

— Si je comprends correctement, un dangereux cambrioleur s'est introduit dans cette maison ainsi que dans le château des Rossignols la nuit dernière. Mesdemoiselles se sont lancées à sa poursuite et l'ont trouvé. Et cet inspecteur Tybalt doit venir les interroger dans la soirée ? demanda-t-il.

L'agent ouvrit la bouche. Atticus l'interrompit en levant les deux mains devant lui.

— Non, ne dites rien. Je vais... préparer du thé.

Il fit entrer les trois jeunes filles dans le manoir, claquant la porte au nez de l'agent.

— Se mêler d'une affaire de cambriolage... toujours en train d'essayer de se faire tuer... causer des frayeurs à un homme de mon âge..., marmonna-t-il en s'éloignant.

Angelica et ses amies allèrent retirer leurs chaussures avant de s'asseoir au salon en attendant le dîner. Angelica ne l'aurait pas avoué pour un empire, mais elle avait elle aussi assez mal aux pieds.

— C'est incroyable que tu aies résolu cette affaire aussi vite ! dit Éloïse. Lisobel avait raison : tu as un don. Je suis bien contente qu'on ait retrouvé mes bijoux !

Pour le moment, ils étaient au commissariat. L'inspecteur Tybalt devait les apporter.

— Hum, je ne suis pas sûre que tout soit réglé, répondit Angelica. Mon sixième sens me dit que cette affaire est loin d'être terminée.

— Son sixième sens ? demanda Éloïse à Lisobel à mi-voix alors qu'Angelica faisait lentement le tour de la pièce en essayant de ne pas renverser la tisane qu'elle buvait à petites gorgées.

C'était de la camomille. Atticus savait pertinemment qu'elle détestait ça. Angelica avait l'intuition que ce n'était là que le commencement. Elle n'aurait pas été étonnée de voir du gratin de haricots verts et de la salade de champignons au menu du lendemain.

— Son détecteur à mystères, répondit Lisobel. C'est ce truc qui l'aide à résoudre des énigmes. Je crois.

— Tu penses que l'homme du marché n'est pas coupable ? demanda Éloïse avec étonnement. Pourtant, il avait mes bijoux et il nous a poursuivies pour nous faire taire quand on l'a traité de voleur !

Angelica se tapota la joue de l'index.

— Tout ça ne colle pas, dit-elle. Il faut que j'en parle à l'inspecteur Tybalt, mais je suis presque sûre que la personne qui était dans la chambre d'Éloïse et dans mon salon court toujours.

CHAPITRE 10

Le mystère s'épaissit

Comme il l'avait promis, l'inspecteur Tybalt arriva après le dîner, alors que le soleil se couchait déjà. Atticus l'accueillit sans enthousiasme. Il semblait rendre l'inspecteur responsable de l'intérêt qu'Angelica portait aux vols. Une fois dans le salon, l'inspecteur s'inclina avec raideur, refusa une tasse de tisane froide, et prit place sur l'un des fauteuils.

Il sortit ensuite une boîte de son sac.

— Ce sont bien vos bijoux ? demanda-t-il à Éloïse en la lui tendant.

Elle la prit pour examiner son contenu.

— Oui. Tout est là. Quel soulagement !

— Maintenant, expliquez-moi ce qui s'est passé aujourd'hui, dit l'inspecteur.

Angelica raconta leur petite enquête et la façon dont elles avaient trouvé l'homme.

— C'était très dangereux, les réprimanda l'inspecteur. Vous auriez pu être sérieusement blessées.

Éloïse examinait les bijoux retrouvés. Elle leva soudain un bracelet décoré de pierres vertes devant elle en grimaçant.

— Il y a un problème ? demanda Angelica.

— Oh, ce n'est rien. Je ne vais pas me plaindre alors que je pensais ne plus jamais le revoir, mais ce bracelet a été abîmé. Tu vois ?

Elle tendit le bijou à Angelica qui l'examina pensivement avant de le passer à l'inspecteur. Il y avait en effet une grosse rayure et une tache noirâtre sur le bracelet.

— Ce n'est pas grave du tout. Je suis sûre qu'un bijoutier pourra le réparer, dit Éloïse.

L'inspecteur lui rendit le bracelet.

— Alors, le voleur a-t-il avoué ? demanda Lisobel.

— Non. Il prétend avoir trouvé les bijoux dans un champ et avoir décidé de les vendre. Par chance, il les vendait trop cher pour les écouler facilement sur un marché : si ces objets avaient été achetés, nous aurions eu du mal à les récupérer, dit l'inspecteur.

— Vous croyez qu'il ment ? interrogea Angelica.

— Personne n'admet jamais sa culpabilité, répondit-il. D'un autre côté, nous avons retrouvé des bijoux volés abandonnés n'importe où plusieurs fois au cours des dernières semaines. Et il est vrai que le marchand n'avait que les bijoux de la princesse en sa possession. Mais je suppose qu'il a caché les autres quelque part ou qu'il les a déjà vendus.

— Pourquoi se donner autant de mal pour voler quelque chose et l'abandonner juste après ? demanda Lisobel.

L'inspecteur haussa les épaules.

— À ce stade de l'enquête, le plus probable est que notre homme a lâché une partie de son butin en se sauvant précipitamment.

— Ce serait étonnant de la part d'un voleur assez habile pour s'introduire chez les gens sans laisser de trace, remarqua Angelica. Évidemment, tout serait plus logique si le marchand était innocent.

— Qu'est-ce que tu veux dire ? demanda Lisobel.

Angelica se mit à marcher de long en large devant la cheminée.

— Le voleur s'est introduit ici et dans la chambre de Lisobel. Dans les deux cas, les portes étaient fermées à clef, aucune fenêtre n'était ouverte, et il y avait de la poussière grise partout, dit-elle en levant l'index. Donc, le voleur n'a pu entrer que par les cheminées.

L'inspecteur eut l'air étonné.

— En fait, c'est une hypothèse que nous avons envisagée, reconnut-il.

— Le marchand est trop gros et trop grand pour passer par un si petit endroit. Il ne m'a pas non plus paru assez rapide ou discret pour pénétrer dans une pièce et vider un coffre à bijoux à côté d'une personne endormie sans se faire prendre, dit-elle en levant un deuxième doigt. Donc, je ne vois ici que deux explications : soit le marchand n'a rien à voir avec les vols, soit il a un complice. En tout cas, s'il doit y avoir un nouveau vol cette nuit, je crois savoir où il aura lieu.

— Vraiment ? Comment pourriez-vous savoir ça ?

L'inspecteur paraissait sceptique autant qu'intrigué.

— Il va retourner ici, puisqu'il n'a rien pu voler hier.

— Je ne pense pas, répondit l'enquêteur. Il a vu qu'il y avait un renard et que c'était un endroit risqué – pourquoi revenir ?

— Si on regarde la liste des cambriolages, il est évident qu'ils ont lieu dans un certain ordre, expliqua Angelica.

— Quoi ? dit l'inspecteur, abasourdi.

— J'ai vu la liste dans le journal : les maisons visitées appartiennent à des personnes assez riches et elles s'écartent progressivement de la première, comme si le voleur faisait des cercles de plus en plus grands autour d'un point pour ne manquer aucun endroit. S'il ne revient pas à Clairval, il lui manquera une étape.

Éloïse sembla très impressionnée.

— Bien dit ! s'écria Lisobel. Écoutez-la, c'est un génie de l'enquête !

L'inspecteur Tybalt se renfrogna.

— Écoutez, mesdemoiselles…

— Je crois que nous devrions tous passer la nuit au manoir au cas où, le coupa

Angelica. J'ai peut-être tort, mais ça ne coûte rien d'essayer.

— Au cas où le voleur devrait vraiment venir, il serait plus prudent que je monte la garde seul, répliqua l'inspecteur, agacé.

— Vous ne voudriez pas rater ça, n'est-ce pas ? demanda Angelica à ses deux amies.

— Bien sûr que non ! s'écria Lisobel. Je ne m'en irais pas d'ici même si on me traînait jusqu'à la voiture par les pieds. Il n'est pas question que je manque quelque chose d'aussi excitant !

— Vous voyez ? dit Angelica à l'inspecteur. Je savais qu'elle réagirait comme ça.

— Mais, ce ne sera pas dangereux ? demanda Éloïse, moins sûre d'elle que son amie.

— Si le voleur voulait te faire du mal, il en avait l'occasion hier soir, dit Angelica. Et puis, l'inspecteur Tybalt sera là pour nous protéger.

— C'est hors de question, dit l'inspecteur. En admettant que j'accorde crédit à votre théorie grotesque, des enfants n'ont rien à faire sur le lieu d'une opération...

— Il fait nuit, dit Angelica. Ce n'est pas une heure pour prendre la route. Et puis, j'ai obtenu la permission du père de Lisobel. D'ailleurs, il vous a écrit un petit mot.

Elle tira d'une poche de sa robe la lettre qu'Atticus lui avait apportée pendant le dîner et qu'il avait discrètement essayé de lire par-dessus son épaule quand elle l'avait ouverte.

Le père de Lisobel était un homme important et il était prêt à tout pour faire plaisir à sa fille : Angelica pensait souvent qu'il était heureux que Lisobel soit aussi gentille et raisonnable car il suffisait qu'elle batte des cils pour qu'il remue des montagnes. Il avait bien sûr accepté qu'elle et Éloïse passent la nuit au manoir, mais il avait lourdement insisté sur le fait que l'inspecteur devait veiller sur elle. S'il arrivait quoi que ce soit à Lisobel, Angelica ne donnait pas cher de la peau du pauvre homme.

L'inspecteur Tybalt semblait agacé. Il répéta plusieurs fois qu'il était dans la police depuis plus de trente ans et qu'il connaissait son métier. Angelica eut l'impression qu'il n'appréciait pas qu'elle soit intervenue. Elle se retint de lui faire remarquer que malgré son expérience, il n'avait pas réussi à résoudre le vol de bijoux.

Elle avait de toute façon d'autres soucis en tête : elle était certaine que ces dernières révélations n'amélioreraient pas l'humeur d'Atticus.

Angelica adorait Atticus, mais il mettait toujours beaucoup de mauvaise volonté à reconnaître qu'elle avait raison, ce qui rendait certaines situations plus difficiles qu'elles n'auraient dû l'être.

CHAPITRE II

Une aventurière n'a peur de rien !

Atticus parut encore plus scandalisé que dans l'après-midi quand Angelica lui expliqua la situation. Elle crut l'entendre marmonner à propos d'un mois d'asperges et de navets cuits vapeur. Elle ne put retenir un frisson d'horreur à cette pensée.

L'aventure méritait bien quelques sacrifices...

— Atticus n'a pas l'air content, dit Éloïse.

— Ne t'en fais pas, répondit Angelica. Atticus se plaint tout le temps, mais on peut lui faire confiance : si un voleur ose s'approcher de Clairval, il sera assommé à coups de plateau en argent avant d'avoir compris ce qui lui arrive.

Éloïse et Lisobel rirent de bon cœur. Atticus était un peu bougon, mais il était évident qu'il adorait Angelica. Il s'inquiétait seulement.

— Bon, allons choisir votre chambre, dit cette dernière.

— Je ne veux pas dormir toute seule, prévint Éloïse. J'ai trop peur.

— En fait, moi non plus je n'ai pas très envie de rester seule, avoua Lisobel. Je serais plus rassurée si on partageait la même chambre.

Angelica hocha la tête. Elle devait reconnaître que l'idée d'un voleur venant pendant la nuit était effrayante.

— Et toi, tu n'auras pas peur ? lui demanda Éloïse.

— J'ai Naali, Buffon, Atticus et Charlotte pour me protéger : une armée de voleurs n'arriverait pas jusqu'à ma chambre.

Elle se retint de leur dire qu'elle ne comptait pas rester dans sa chambre. Si un voleur s'introduisait dans le château, il n'était pas question qu'elle rate ça ! Et puis, elle avait une enquête à mener et il était évident que l'inspecteur Tybalt ne s'en sortirait pas sans aide.

Comme beaucoup d'adultes, il manquait de toute évidence singulièrement d'imagination.

— Tu es drôlement courageuse, dit Éloïse avec admiration.

— J'ai été élevée par Charlotte, répondit Angelica. Tu ne survis pas à cent coups de brosse à cheveux chaque matin sans devenir une dure à cuire.

Lisobel cacha un rire derrière sa main.

— Tu comprendras quand tu la rencontreras, dit-elle à Éloïse. Je me demande si cette femme n'a pas du sang d'ogresse dans les veines.

— Allons, en route ! intervint Angelica. Nous avons une chambre à choisir !

Elle en profita pour faire les présentations entre Éloïse et Naali, qui se téléportait en cas d'extrême urgence, puis Buffon, le chat qui parlait en cas d'absolue nécessité.

— Bonjour, monsieur Buffon, dit-elle en faisant une révérence.

Le chat la regarda de ses yeux jaunes avant de lui tourner le dos pour vaquer à nouveau à ses occupations (il était en train de donner des coups de pattes dans une pelote de laine rose).

Les trois filles se décidèrent pour une chambre dont le papier peint décoré de fleurs bleues plaisait à Éloïse.

Il ne restait plus qu'à attendre l'heure d'aller se coucher. Et l'arrivée du cambrioleur, bien sûr.

Angelica sentait quelque chose remuer dans son estomac, mais elle n'aurait pas su dire si c'était de l'excitation ou de la peur.

Sûrement de l'excitation.

Quel genre d'aventurière aurait eu peur d'un malheureux voleur ?

CHAPITRE 12

Une nuit mouvementée

La chambre d'Éloïse et Lisobel fut préparée. Atticus refusa d'arranger quoi que ce soit pour l'inspecteur Tybalt.

— Vous pouvez rester dans le salon. De toute façon, vous ne dormirez pas, lui dit-il d'un ton sec.

L'inspecteur Tybalt lui adressa un sourire forcé.

— Merci. Trop aimable, dit-il.

Il disparut dans le salon presque aussitôt et on ne le revit plus de la soirée. Angelica joua aux cartes avec Éloïse et Lisobel, puis elles se souhaitèrent finalement bonne nuit avant de monter dans leurs chambres respectives.

Angelica se prépara pour la nuit. Dès qu'Atticus et Charlotte furent partis se coucher, elle ralluma la lumière. Elle enfila une robe de chambre et des chaussons.

Elle ne pensait pas que le voleur rentrerait par le salon. Il avait essayé la veille et il n'avait pas réussi : il aurait été stupide de sa part de recommencer.

Elle avait beau réfléchir, elle ne voyait pas par où il s'introduirait dans le manoir cette fois-ci. Les cuisines ? Il y avait une porte qui donnait sur le parc et elle n'était pas très solide. La salle de musique ? Elle avait une baie vitrée qui ouvrait sur le verger et Orphéus, le grand frère de Lisobel, prétendait qu'on pouvait en venir à bout avec la lame d'un couteau en s'y prenant bien.

Finalement, Angelica éteignit la lumière et attrapa sa petite lampe. Tenant le tuyau de cuivre, elle tourna la manivelle une cinquantaine de fois pour créer de l'énergie afin que l'ampoule reste allumée un moment.

Après une hésitation, elle prit un gros dictionnaire avec elle. Il était plus prudent d'avoir de quoi se défendre si elle rencontrait le voleur.

Elle entrebâilla la porte le plus doucement possible pour jeter un coup d'œil dans le couloir. Ne voyant personne, elle sortit et repoussa le battant sans le fermer complètement. Elle pouvait avoir besoin de retourner dans la chambre rapidement : entre Atticus, Charlotte et le voleur, mieux valait ne pas prendre de risque !

Elle s'assit par terre sur le palier du premier étage. De là, elle voyait le couloir de l'étage et l'entrée au rez-de-chaussée. C'était l'endroit le mieux placé pour repérer un intrus s'il essayait d'aller dans une des chambres.

Les minutes passèrent. La lampe s'éteignit et Angelica décida de ne pas la rallumer. Avec de la lumière, elle était trop visible.

Le manoir était silencieux. Angelica bâillait de plus en plus. Elle avait oublié de prendre sa montre, mais elle était certaine qu'il était au moins minuit.

Soudain, quelque chose toucha son bras et elle sursauta.

— Qui est-ce ? Je sais que vous êtes là ! chuchota-t-elle en essayant de prendre un ton menaçant.

Personne ne lui répondit. Elle se dépêcha d'actionner la manivelle de la lampe pour éclairer le palier. Naali s'écarta d'un bond souple avant de tourner sur elle-même deux fois et de se coucher en boule juste devant l'escalier. Angelica se détendit.

— Tu m'as fait peur, marmonna-t-elle à la renarde.

Mais en fait, ça la rassurait plutôt que quelqu'un attende avec elle.

Elle commençait juste à s'endormir quand un choc fit trembler le manoir. Puis un cri aigu retentit dans la chambre d'Éloïse et de Lisobel.

Le cœur battant, Angelica se releva. Elle entendit la porte du salon s'ouvrir.

— Qui est là ? vociféra l'inspecteur Tybalt faisant irruption dans l'entrée. Rendez-vous, police ! Vous êtes fait comme un rat !

Il monta l'escalier en courant et se précipita vers la chambre des filles. Angelica le suivit de près, son dictionnaire à la main. Il trébucha sur une forme noire qui miaula en guise de protestation, et tomba par terre au moment où la porte de la chambre s'ouvrait.

Personne n'en sortit, mais l'inspecteur poussa une exclamation.

— Je te tiens ! rugit-il.

Angelica leva sa lampe pour éclairer le couloir : il était désert. Elle se retourna juste à temps pour voir Naali disparaître de l'endroit où elle était couchée et réapparaître plusieurs mètres plus loin, la queue hérissée. Elle fronça les sourcils. La renarde n'était pas du genre à se téléporter pour rien, et pourtant, il n'y avait personne ni dans le couloir ni dans les escaliers.

— Il m’a volé mon collier ! s’écria Éloïse en sortant de la chambre. Il me l’a arraché avant de s’enfuir.

L’inspecteur partit au pas de course. Il fit le tour du manoir, réveillant les domestiques. Mais le voleur avait disparu sans laisser de trace…

Ou presque.

Angelica examina longuement le sol et la poussière noire qui menaient de la chambre au salon.

Elle sourit et resserra la ceinture de sa robe de chambre avant de retrouver Éloïse et Lisobel : elle commençait à comprendre…

CHAPITRE 13

Le témoin à quatre pattes

— À quoi ressemblait le voleur ? demanda l'inspecteur à Éloïse.

Celle-ci haussa les épaules, les yeux rouges et le nez caché derrière un mouchoir.

— Il faisait noir. Je n'ai rien vu du tout. Je dormais quand une douleur au cou m'a réveillée. Je pense que le voleur m'a arraché mon collier. J'ai tendu la main pour le retenir. Il avait la peau froide et j'ai crié. Ensuite, la porte s'est ouverte et vous étiez de l'autre côté.

— Il n'y avait personne, dit l'inspecteur, d'un ton irrité. Un instant, j'ai cru mais… Si quelqu'un était sorti de la chambre, je l'aurais remarqué.

— Je n'ai vu personne, moi non plus, ajouta Lisobel, ses grands yeux bleus écarquillés.

— Pourtant, il faut bien que quelqu'un ait ouvert la porte. Éloïse et Lisobel étaient toutes les deux dans leurs lits et vous, vous étiez par terre, dit Angelica.

L'inspecteur Tybalt lui lança un regard noir au souvenir de sa chute.

— Je n'arrive pas à croire que le voleur soit vraiment venu. Et qu'il m'ait volé une deuxième fois ! se lamenta Éloïse.

— Et toi, tu as vu quelque chose, Buffon ? demanda Angelica au chat. Tu étais juste devant la porte.

Le chat s'étira et s'assit sans lui prêter attention. L'inspecteur poussa un soupir exaspéré.

— Nous n'avons pas le temps pour ces bêtises, dit-il.

— Ah, j'oubliais que ta vue n'est plus très bonne, dit Angelica d'un air faussement désolé. Ça doit être à cause de ton âge : tu te fais vieux.

— Excuse-moi, je n'ai rien vu parce qu'il n'y avait rien à voir. Mes yeux sont aussi bons que le jour de ma naissance !

— Il parle ! s'écria Éloïse. C'est incroyable !

— Je te l'avais dit, s'étonna Angelica.

— J'ai cru que tu plaisantais ! Il n'avait pas prononcé un mot jusqu'ici.

— Comme je l'ai expliqué, il ne parle qu'en cas d'absolue nécessité.

— C'est une absolue nécessité, là ? demanda Lisobel.

— Elle m'a insulté. Il est nécessaire que je défende mon honneur, dit le chat roux.

Puis il nettoya sa fourrure à coups de langue.

— Il ne dira plus rien, commenta Angelica.

— Oh, quel dommage qu'il n'ait pas vu le voleur ! Maintenant, on est revenu à la case départ et mon collier a disparu, se désola Éloïse.

Elle renifla et s'essuya les yeux avec son mouchoir.

— Comment je vais avouer à ma grand-mère que je l'ai perdu ? Il était si beau...

— On va le retrouver, la rassura Lisobel. Angelica et l'inspecteur Tybalt sont les meilleurs ! Je suis sûre que dans quelques semaines, tu auras récupéré ton collier et qu'on rira de cette histoire. Se faire cambrioler dans sa chambre en pleine nuit, ça n'arrive pas tous les jours !

— Ça lui est arrivé deux nuits de suite, fit remarquer Angelica.

Lisobel la fusilla du regard et se tourna vers l'inspecteur Tybalt. Elle espérait qu'il l'aiderait à réconforter la princesse, mais il était perdu dans ses pensées.

— Je ne comprends pas, dit-il. Il s'est évaporé sans laisser de trace, comme un fantôme !

— Un fantôme ? répéta Éloïse, effrayée.

— Ah non, pas encore cette histoire de fantôme ! intervint Angelica. Notre voleur est bien vivant. En réalité, il a laissé plusieurs indices. Je crois même que je sais où on peut le trouver.

— Quoi ? s'écria l'inspecteur. C'est impossible !

— On ira demain matin, dit Angelica. Moi, je vais me coucher : je suis épuisée.

Elle s'étira, bâilla exagérément, puis se dépêcha de retourner dans sa chambre avant d'être tentée de leur donner la solution de l'énigme. Une fois au lit, elle rit en pensant à la surprise qu'auraient les autres le lendemain.

Et elle pourrait faire une grande révélation finale comme dans les romans policiers ! Décidément, cette affaire était l'une des aventures les plus amusantes qui lui soient jamais arrivées.

CHAPITRE 14

Préparatifs

Le lendemain, Angelica se réveilla tôt. Elle appela Charlotte pour qu'elle l'aide à mettre sa jolie robe verte. Elle savait que c'était de la coquetterie, mais elle voulait être habillée correctement pour résoudre l'affaire devant tout le monde.

Elle laissa Charlotte brosser ses cheveux et les tordre en une couronne tressée sans se plaindre. Elle était d'excellente humeur.

Dès qu'elle fut prête, elle alla prendre son petit déjeuner. L'inspecteur Tybalt était déjà attablé devant des crêpes à la confiture de groseilles, l'air déprimé.

— Ne vous en faites pas, dit Angelica. Votre affaire sera résolue avant ce soir.

Cela ne sembla pas du tout le réconforter. Atticus posa un pamplemousse, des biscottes et du thé devant Angelica. Elle plissa le nez et se mit à manger sans se plaindre : elle devait reconnaître qu'elle ne s'était pas bien conduite la veille, et elle ne pouvait pas en vouloir à Atticus d'être fâché.

Lisobel et Éloïse arrivèrent quelques minutes plus tard. Éloïse avait des cernes et ses yeux étaient rouges.

Lisobel n'avait de toute évidence pas beaucoup dormi non plus. Elle cachait des bâillements derrière sa main en avalant sa salade de fruits et ses gaufres.

— Atticus ? demanda Angelica quand elle eut terminé de manger.

— Oui, mademoiselle.

— J'aurais besoin du journal d'hier, s'il te plaît.

Il alla le chercher sans poser de question. Elle le feuilleta pour retrouver l'article qui l'intéressait et poussa une exclamation satisfaite.

— Voilà ! Atticus, il va nous falloir la voiture : nous allons dans la Vallée de feu !

— La Vallée de feu ? répéta Éloïse, lâchant sa tartine de confiture. C'est un nom plutôt effrayant.

Angelica écarta ses inquiétudes d'un geste de la main.

— Ce n'est pas dangereux. Et puis, l'inspecteur Tybalt sera avec nous !

— Je viens aussi, intervint Atticus. Pas question que vous vous mettiez en danger sans moi. Que diraient vos pauvres parents s'ils savaient que je vous laisse mener des enquêtes... la petite fille de sa Majesté ! Aller dans la Vallée de feu... poursuivre des cambrioleurs...

Il continua de marmonner des paroles indistinctes en versant une nouvelle tasse de thé à l'inspecteur.

— Naali nous accompagne, ajouta-t-il finalement. Ce maudit renard laisse des poils blancs et des traces boueuses partout, mais au moins, il pourra vous téléporter en sécurité en cas de danger. C'est bien là la seule chose utile que ce maudit animal sache faire…

Angelica réfléchit.

— D'accord, dit-elle finalement. Plus on est de fous, plus on rit !

De toute façon, si Atticus avait décidé de venir avec Naali, rien ne l'en empêcherait. Une fois qu'il avait une idée en tête, un troll avec une hache géante n'aurait pas pu se mettre en travers du chemin du majordome.

Pour être honnête, même si elle n'avait pas vraiment peur (après tout, Angelica vivait pour l'aventure), ça la rassurait un peu d'avoir Atticus avec elle.

Juste un tout petit peu.

Et il serait sans doute tellement impressionné de la voir résoudre une affaire compliquée qu'il la laisserait enfin enquêter en paix. Elle voyait déjà la pancarte qu'elle accrocherait devant le manoir pour attirer des clients :

Angelica Varinen

Chasseuse de mystères

Résolveuse d'énigmes

Détective amateur et attrapeuse de voleurs

Ce serait tellement plus amusant d'attendre que ses parents reviennent en enquêtant sur des affaires mystérieuses, plutôt que d'étudier avec M. le Précepteur Ennuyeux et Mlle le Professeur de Piano Barbante.

La voiture fut préparée, tout le monde mit ses chaussures et son chapeau, et la petite troupe partit pour la Vallée de feu.

Angelica espérait juste que le voleur ne serait pas trop fâché d'avoir été démasqué.

CHAPITRE 15

La Vallée de feu

La voiture s'arrêta en bordure de la Vallée avec un toussotement affreux et une explosion de fumée blanche. Elle n'aimait visiblement pas beaucoup les chemins de terre.

— Et maintenant, qu'est-ce qu'on fait ? demanda l'inspecteur en descendant.

Angelica observa la vallée d'un œil inquiet. Même de loin, elle distinguait nettement les grands corps des dragons au milieu de l'herbe rase. Une bonne partie de celle-ci était noire, sans doute brûlée par le souffle de ses occupants. La vallée était encerclée de hautes collines escarpées dont certaines méritaient peut-être même le nom de montagne et qui jetaient des ombres sur ses contours. Angelica n'avait jamais approché de dragons d'aussi près : on leur avait demandé de rester loin des habitations longtemps avant sa naissance à cause de tous les incendies qu'ils causaient sans le faire exprès. Depuis, ils vivaient dans des réserves en attendant le moment de partir vers le sud pour passer l'hiver.

D'après ce qu'on disait, les dragons n'étaient pas méchants. Mais une créature ailée de cinq mètres de long qui crache du feu impressionnerait n'importe qui.

— Je serais moi aussi curieux de savoir ce que nous faisons dans une réserve de dragons, dit Atticus d'un ton guindé.

Il n'avait pas l'air très à l'aise. Angelica le soupçonnait d'avoir peur.

— Il faut qu'on parle aux dragons, dit-elle.

Elle marcha en direction de l'un des six dragons qui dormaient au soleil au milieu de la vallée. Il avait un long corps comme celui d'un serpent. Ses écailles luisantes étaient noir et jaune et de grandes ailes blanches fines comme celles d'un papillon étaient dépliées dans son dos.

— Tu es sûre qu'on devrait s'approcher ? demanda Éloïse à voix basse. On dirait qu'il dort. Si on le dérange, il ne va pas être content.

— Je crois qu'Éloïse a raison, ajouta Lisobel, dont les mains tremblaient un peu. Je sais que tu n'as peur de rien, mais ils pourraient nous faire rôtir et nous manger comme un plateau de petits fours avant que tu aies eu le temps de crier « Au feu ! ».

Angelica fit semblant de trouver l'idée ridicule et leva les yeux au ciel. Elle essaya de ne pas s'imaginer attachée à une broche pendant qu'un dragon soufflait sur elle pour la faire cuire à point et elle remplit ses poumons d'air.

— Eh, monsieur le dragon ! cria-t-elle le plus fort possible.

Une paupière noire s'écarta sur le côté, laissant apparaître un œil jaune avec une pupille allongée comme celle d'un chat gigantesque.

— J'ai des questions à vous poser, dit Angelica. C'est pour une enquête.

Le dragon bâilla, montrant deux rangées de dents plutôt jaunes et vraiment très pointues.

Angelica pensa qu'elle n'aurait pas aimé être dentiste pour dragons.

— Qu'est-ce que vous voulez ? demanda une voix.

Angelica sursauta, mais ce n'était qu'un homme avec un chapeau rond et des bottes qui montaient jusqu'à ses cuisses, qu'elle n'avait pas remarqué tout de suite derrière le dragon.

— Vous êtes dans une réserve, continua-t-il. Ce n'est pas un zoo fait pour que les gens viennent observer les dragons.

— Je suis de la police, dit l'inspecteur Tybalt en sortant son insigne en métal rouge.

— Combien il y a de dragons, ici ? demanda Angelica, retrouvant son assurance.

— Six. Ils devraient déjà être partis pour le Sud, mais avec le temps... Il n'y a plus de saisons, ajouta-t-il en secouant la tête.

— Là-dessus, nous sommes bien d'accord, marmonna Atticus. Des dragons... Si mes pauvres parents me voyaient...

— Pourriez-vous leur demander de venir, s'il vous plaît ? dit Angelica. Nous devons leur parler pour une enquête.

L'homme interrogea l'inspecteur du regard.

— Faites donc, répondit celui-ci. Au point où nous en sommes...

L'homme sortit un sifflet de sa poche. Après quatre sifflements stridents, les dragons se rassemblèrent autour de leurs visiteurs. Ils avançaient rapidement et en silence, ce qui était étonnant quand on voyait leur taille.

Entourée par les six dragons, Angelica était assez intimidée. Elle examina néanmoins chacun d'entre eux avec attention. Puis, tout d'un coup, elle vit ce qu'elle cherchait. Elle s'arrêta devant un dragon gris avec des touffes de poils derrière les oreilles et une queue épaisse. Il était plus petit que les autres, ce qui n’était pas franchement rassurant.

— Je crois que nous tenons notre voleur, déclara-t-elle.

CHAPITRE 16

Où Angelica donne la clef de l'énigme

— Quoi ? s'exclamèrent en même temps l'homme au chapeau, l'inspecteur Tybalt et le dragon.

— Laissez-moi tout vous expliquer, dit Angelica. Comme je l'ai établi, le voleur n'a pu entrer dans le manoir de Clairval ou dans le château des Rossignols que par la cheminée. Pour m'en assurer, j'ai choisi pour Éloïse et Lisobel une chambre aux fenêtres fermées à l'étage hier soir, et j'ai monté la garde devant l'escalier.

— Cela n'explique pas pourquoi vous accusez le dragon, dit l'inspecteur.

— J'y viens. Le voleur entre dans les maisons par les cheminées, ce qui demande des aptitudes particulières. Hier soir, il est aussi passé devant tout le monde en sortant. Nous l'avons entendu et senti, il a laissé une traînée de suie derrière lui. Mais personne ne l'a vu. Il est donc invisible dans le noir. Sans compter qu'Éloïse a trouvé sa peau froide. Tous ces éléments correspondent aux dragons. Or, nous le savons, les dragons ont l'habitude de garder des trésors. J'ajouterais que l'un des colliers d'Éloïse a été abîmé par le voleur : le métal a été rayé et noirci comme s'il avait été tenu par des griffes ou des dents près d'un feu… ou de l'haleine d'un dragon. Je n'aurais pas fait le rapprochement si je n'avais pas vu l'article dans le journal sur la migration retardée, ajouta-t-elle par souci d'honnêteté.

— Un voleur, moi ? demanda le dragon.

Il se mit à tousser et cracha de la fumée noire. Les dragons ont des difficultés à prononcer l'humain, et il n'est pas facile de les comprendre quand ils s'y essayent.

— Oui, même si le coupable était un dragon, pourquoi accuser celui-ci ? demanda Lisobel.

L'inspecteur Tybalt ne paraissait pas content. Angelica supposa qu'il était vexé qu'elle ait résolu son enquête avant lui. Les adultes sont souvent mauvais perdants.

— Ce dragon a de la suie sous les griffes, dit-elle en indiquant les griffes sales. Il a aussi une trace de morsure sur la patte droite. J'ai Naali depuis qu'elle est bébé et je reconnaîtrais l'empreinte de ses dents n'importe où. D'ailleurs, il suffit de voir sa réaction.

Elle désigna la renarde dans les bras d'Atticus. Elle grognait, son doux poil blanc hérissé.

— Je ne sais pas pourquoi les vols ont été commis, reprit Angelica. Néanmoins, considérant la façon dont les maisons ont été systématiquement fouillées et les bijoux abandonnés dehors après les vols, je pense qu'il cherchait un objet en particulier. Je pense aussi que le rythme des vols s'est accéléré parce que les dragons partiront bientôt vers le Sud. Je me trompe ? demanda-t-elle en se tournant vers le dragon.

— Je n'ai rien volé, siffla-t-il.

Ses ailes battirent dans les airs et Angelica et ses amies reculèrent d'un pas.

— On a pris ce qui était à moi et je l'ai récupéré. Les humains ont tellement de pierres que j'ai eu du mal à la trouver.

Il se mit à siffler et à pousser des grognements incompréhensibles. Il battait des ailes de plus en plus fort alors qu'il s'énervait.

— Je suis le gardien de la réserve, dit l'homme au chapeau. Quelqu'un s'est introduit ici il y a plusieurs semaines et a dérobé une pierre précieuse dans le trésor de ce dragon.

Il leva les mains devant lui.

— Je vous jure que je ne savais rien des vols dont vous parlez, mais si Milrog dit qu'une pierre est à lui, c'est la vérité : il n'est pas dans la nature des dragons de prendre des choses qui ne leur appartiennent pas.

— C'est donc pour ça qu'il a emporté tant de pierres qu'il a ensuite jetées ! dit Lisobel. Vous n'aviez pas le temps de les examiner chez les gens donc vous les preniez avant de les abandonner parce qu'elles n'étaient pas à vous ! ajouta-t-elle en direction de Milrog.

Le dragon inclina la tête comme pour dire « oui ». Il s'écarta du groupe, souleva un énorme rocher et se pencha. Il revint et posa un collier aux pieds d'Angelica.

— C'est ma pierre, dit-il.

— Mon collier ! s'exclama Éloïse.

— Le problème, dit l'inspecteur, c'est que le collier que vous détenez appartient à la princesse Éloïse que voici. Sa grand-mère l'a acheté à un bijoutier et le lui a donné pour son anniversaire.

Le dragon garda le silence. Angelica se demanda si les dragons fêtaient leurs anniversaires.

— Ah, le bijoutier ! Je savais qu'il avait l'air louche, c'est donc lui le vrai voleur ! s'écria-t-elle soudain.

— J'irai l'interroger plus tard, dit l'inspecteur Tybalt. *Sans vous*, ajouta-t-il en les fixant d'un regard sévère. Vous en avez assez fait, mesdemoiselles.

— Je suis d'accord avec vous, dit Atticus.

Il avait posé Naali, qui grondait en s'aplatissant sur le sol. Elle n'avait de toute évidence pas gardé un bon souvenir du dragon qui s'était introduit dans sa maison.

Elle ne s'était pas téléportée, cependant, donc personne n'était en danger. Angelica trouvait ces dragons étonnamment civilisés.

— Que faisons-nous ? demanda le dragon noir et jaune. La pierre nous appartient, mais nous t'avons volée, petite princesse.

Éloïse se mordit la lèvre. Elle semblait timide, maintenant que tout le monde lui prêtait attention.

— Grand-mère ne sera pas contente, dit-elle. Mais si on vous a volé la pierre, ce ne serait pas bien de ma part de la reprendre.

Elle releva la tête et fit la révérence en direction de Milrog.

— Je suis désolée, monsieur le dragon. Je ne savais pas.

Le dragon laissa échapper un nuage de fumée noire par ses naseaux, avec un bruit qui ressemblait à un soupir. Il prit le collier et retourna au rocher. Après avoir fouillé la terre quelques instants, il revint avec un autre bijou. C'était une fine chaîne argentée au bout de laquelle se balançait un pendentif en pierre grise comme ses écailles avec des reflets de toutes les couleurs de l'arc-en-ciel.

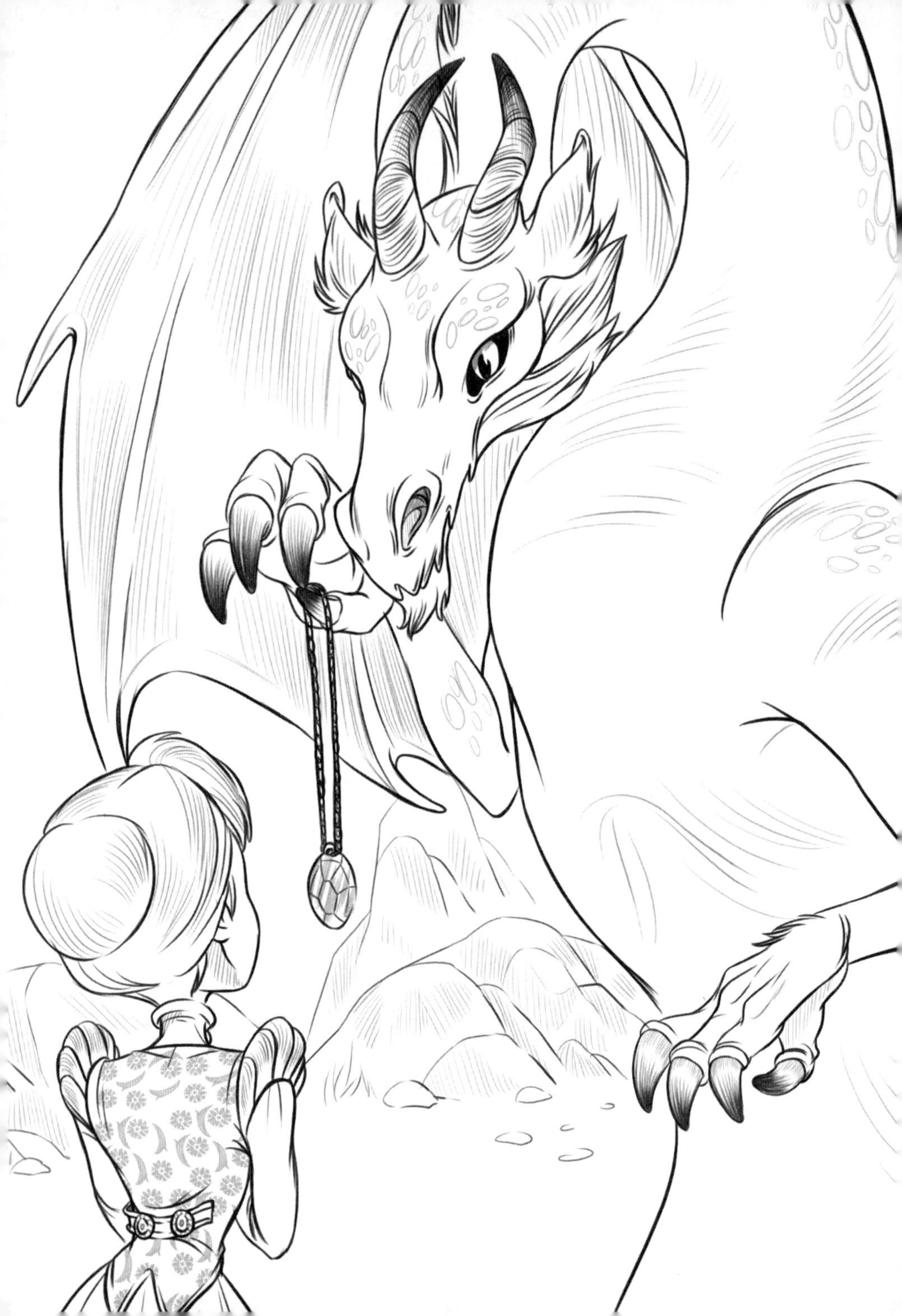

Il le lâcha devant Éloïse, qui fit de son mieux pour ne pas reculer.

— Un cadeau pour la petite princesse qui a le sens de la justice, dit-il.

— Vraiment ? Merci beaucoup, monsieur le dragon ! s'écria-t-elle.

Elle ramassa le collier avec un grand sourire et Atticus l'aida à le mettre.

— Bon, dit ce dernier. À présent que cette affaire est résolue, je crois qu'il est l'heure de déjeuner.

Le ventre d'Angelica gargouilla assez fort pour que tout le monde l'entende.

— C'est exact, dit-elle joyeusement. Notre travail est terminé. N'est-ce pas, inspecteur ?

Vous êtes content de savoir qui est le coupable, avouez-le…

L’inspecteur Tybalt grommela des propos désobligeants sur les petites filles qui se mêlaient de ce qui ne les regardait pas et dit qu’il restait sur place pour enquêter sur le bijoutier et apprendre où Milrog avait jeté les bijoux qu’on n’avait pas encore retrouvés.

La petite troupe salua les dragons et l’homme au chapeau après les avoir remerciés pour leur aide, puis elle regagna la voiture. Angelica jeta un dernier regard émerveillé aux dragons dont les écailles brillaient au soleil avant de fermer la portière.

CHAPITRE 17

Une aventure terminée… en attendant la prochaine !

— C'était extraordinaire ! dit Lisobel. On a parlé avec des dragons, et tu as résolu une enquête, Angelica ! C'est la journée la plus incroyable de toute ma vie !

— Oui, merci d'avoir retrouvé mon collier, dit Éloïse.

Angelica fit une grimace.

— Je suis désolée de ne pas avoir pu te le rendre, lui répondit-elle. Je sais que tu y tenais.

Éloïse regarda son nouveau pendentif et sourit.

— C'est vrai que je suis triste d'avoir dû le laisser. J'espère surtout que ma grand-mère ne sera pas trop fâchée. Mais celui-ci est très joli aussi. Et puis, tout le monde ne peut pas se vanter d'avoir reçu un cadeau de la part d'un dragon.

Angelica fut rassurée par sa réponse. Éloïse n'était pas capricieuse, pour une princesse qui avait l'habitude d'obtenir tout ce dont elle avait envie.

Elle se tourna vers Atticus. Elle espérait qu'il avait été impressionné par sa démonstration.

— Tout s'est bien terminé, dit-elle pour l'encourager à parler.

— En effet, mademoiselle. Et j'espère que cette histoire suffira à étancher votre soif d'aventure pour les années à venir.

Il secoua la tête et échangea un regard de commisération avec Naali.

— Accuser des dragons de vol, se faire poursuivre par des marchands d'antiquités, marcher dans la boue avec des chaussures en satin..., marmonna-t-il. Que vont dire monsieur et madame quand ils entendront parler de tout ça ?

— On pourrait garder ça pour nous, cajola Angelica. Papa et maman n'ont pas besoin de savoir ce qui s'est passé. Et puis, ils aimeraient que je me rende utile : ils disent toujours qu'il est important d'aider les autres quand on en a l'occasion.

Atticus renifla et remit de l'ordre dans sa chevelure grise.

— Je suis certain que courir après des *dragons cambrioleurs* n'était pas ce qu'ils avaient en tête.

— Mais j'ai trouvé le coupable, insista Angelica. Et il n'y avait aucun danger : Naali aurait pu nous téléporter en sûreté à n'importe quel moment et elle n'était même pas inquiète. N'est-ce pas, Naali ?

La renarde blanche lui tourna le dos et continua de lécher sa fourrure pour la débarrasser de la boue et de l'odeur de brûlé de la vallée.

— On pourrait en discuter devant une part de gâteau chocolat-olives-nougat accompagné d'un chocolat chaud guimauve-orange, ajouta Angelica avec espoir.

Lisobel et Éloïse étouffèrent leur rire derrière leur main. Angelica ne leur prêta pas attention. Après les mystères, la nourriture était ce qu'elle préférait au monde et elle n'avait pas honte de l'avouer.

— Je suis ouvert à la négociation, dit Atticus. Si, bien entendu, je n'ai plus à voir un seul inspecteur, voleur ou dragon à Clairval jusqu'à la fin de mon existence.

Angelica n'était pas du genre à mentir.

— Ça, c'est une chose que je ne peux pas promettre, dit-elle.

Papa et maman comprendraient sûrement.

En revanche, trouver une façon de convaincre Atticus d'installer sa pancarte de détective ne serait pas facile. Elle aurait pu essayer de la placer à un endroit où il ne la remarquerait pas, mais elle savait que vaincre le sens de l'observation d'Atticus était impossible même pour une chasseuse de mystère.

Avec l'aide de Lisobel, d'Éloïse et de Buffon quand il était disposé à parler, elle trouverait une autre solution. Peut-être même que l'inspecteur Tybalt accepterait de mettre une affichette au commissariat.

Après ça, il ne resterait plus qu'à attendre la prochaine aventure.

Angelica avait hâte d'y être !

Retrouvez Angelica Varinen
dans une prochaine aventure.

NORD COMPO
multimédia

Composition et mise en pages
Nord Compo à Villeneuve-d'Ascq

N° d'édition : L.01EJEN001421.N001
Dépôt légal : janvier 2018
Loi N° 49-956 du 16 juillet 1949
sur les publications destinées à la jeunesse

ATTICUS

CHARLOTTE